PATRONES EN LA NATURALEZA

PATRONES EN EL BOSQUE

por Genevieve Nilsen

TABLA DE CONTENIDO

tadpole en español

PALABRAS A SABER

bosque

búho

hoja

hongo

mapache

planta

EN EL BOSQUE

El bosque tiene muchos patrones.

corteza

Este árbol tiene uno.

vena

Esta hoja tiene uno.

hoja

Esta planta tiene uno.

raya

Este mapache tiene uno.

plumas

Este búho tiene uno.

punto

Este hongo tiene uno.

¡REPASEMOS!

Un patrón es un diseño que se repite. ¿Qué patrón ves aquí?

ÍNDICE